まえがき

二〇一二年にミシマ社より発刊した『飲み食い世界一の大阪』に続く、「みんなのミシマガジン」での連載第二弾「タイトル、まだ決まってません。」が、「コーヒーと一冊」シリーズとして出版化されたのが、今まさに手に取ってお読みのこの本だ。

タイトルが『Ｋ氏の遠吠え　誰も言わへんから言うときます。』として決定したのは、このまえがき以外を全部書き終えて、ゲラが上がってきてからだった。当初の「タイトル、まだ決まってません。」として書き始めた、そのこころとは何か。

それはメシを食べたり、酒を飲んだり、服を着たり、お風呂に入ったり…のあたり前の日常生活について、このところ何だか「あれぇ？」と思ったりすることや「えっ？」となったりすること。その「？」つまり「ちょっと違うんちゃうか」について、その都度書き留めていって、それをどんどん文章にしていくと、その基底のようなところまで到達することができるんではないか、という思いからだった。その根茎にはきっと共通する何かがある。だからこそ、その輪郭が明らかになった時点でタイトルを決めたらいい。

そうやって消費社会やグルメ情報や異世代間のコミュニケーションや大阪都構想などなどに対して、ちょっといつもよりは深く考えたりしていると、いきなり自分のなかからＫ氏という分身が登場したのだ。時にはＫ氏はまったくの他人である人格を持って生まれたりもするのだが、好むと好まざるにかかわらずＫ氏とつきあってふり返ると、ああよくもここまで「のたうちまわったなあ」と少々あきれている。

そのＫ氏の遠吠えの周波数にチューニングを合わせて聞き取ってくれる同志が、一人でも多くいることを著者として望んでいる。そしてＫ氏はまだまだあきらめていない。

目次

Ⅲ

I

「仕事は効率よく、コストは最小に」とグルメライターのタダめしとの関係性について。

世の仕事はおもしろいもので、飲食業でも限りなく水商売に近い仕事がある。コンビニで買えば二一七円のアサヒ・スーパードライを五〇〇〇円で売るような水商売的な飲食店は、あるところにはある。

もうひとつ水商売の本質にあるのは、「客が喜ぶのをわたしの楽しみの第一とする」という精神だ。クラブやスナック、バーや居酒屋といった酒場、料亭・割烹(かっぽう)、伊仏レストラン、うどん屋ラーメン屋といった業態を問わず、そういう「客の笑顔を見たいため」に生まれてきたような「水商売体質」を持っている人もいて、わたしはそういう店が好きだ。マクドナルドのスマイル0円（ゼロ）はマニュアルであり、万人にスマイルを振りまいて「ついでにポテトはいかがですか」などとほほえむが、これは飲食業であって水商売ではない。真の水商売人は「やりたいことを水商売としてやっている」のだ。

やりたいことや好きなことは、カネがかかるものだ。

そして「身銭を切って」でも「とことんやる」から、やりたいことがおもしろいのだ。やりたいことをやって「身銭が稼げる」ことは確かにうれしいことだが、仕事になってしまうと話が別になってくる。最悪なのは、やりたいことを「儲けること」にしてしまった場合だ。そうなると、やりたいことは、とことんまでやらなくなる。「とことんやることは損だ」と思ってしまうからだ。とことんやることがコストになってくると、絶対とことんやるわけないのは、当然のことだ。

水商売の場合は、ここが前景化すると「ぼったくり店」とか「えげつない人」とか言われるが、わたしたち編集関係の仕事である、誰かや何かを取材したり調べたりすることにおいては、これは一種の手抜きになる。

けれども世の書き手には、一本の評論を頼まれて、そのために本をたくさん買ってしまい、時間もそれを読むためにむちゃくちゃ使ってしまい、それでその仕事が八〇〇〇字の原稿で八〇〇〇円の稿料（こうりょう）をもらっている人もまだまだ多い。というか、わたしが編集者として恵まれていたのは、そういう「良い仕事」をしていただける書き手が多かったことだ。

彼らはそれがやりたいことだから、掛け値なしにやってくれる。そりゃ仕事だから「ギャラ、もうちょっとなんとかしてください」などと言われて、こちらも「すいません。編集部がビンボーでして、予算がないんですわ」などと、気の毒を承知でそう言わないとしょうがないことも多かった。

たとえばもう二十年も前のことであるが、雑誌『Meets Regional』京都特集の「酒場」ページの校了をした。ライターは京・錦市場の漬物屋にして「日本初の酒場ライター」のバッキー井上である。いや、井上はそのころまだ「酒場ライター」などという職種を確立していなかった（グルメライターなんてのもない）時代で、編集長のわたしは特集を校了するや「経費精算、早くお願い」などと催促する。井上は「はい。ほな今度、領収書持ってくるわ」となって経費が請求された。原稿料の五倍である。その請求に目を丸くし、「なにい、むちゃくちゃ飲んだんやなあ。四ページで三〇万も飲み代の経費出せるかいな。アホか、井上」と突き返す。井上は「そうか、ははは」と例の調子で笑ってひっこめた。自腹を切ったのである。悪いことをしてしまったなあと思うが、これもしょうがない。

グルメ系・情報誌系の雑誌は、このところ肝心のメディアが左前（ひだりまえ）になってきて、「経費節減」などと言われるし、ライターやカメラマンのギャラも安くなってきている。

ギャラが安いとライターは困る。編集プロダクションとかの経営者だったら、当然「儲けること」を目的として会社をやっているわけなので、「効率よく仕事をすること」が使命となる。だから取材の際、スタッフのライターが店で試食し、撮影する料理の提供を店に求めたり、カメラマンに一日に十件取材を詰め込んだりもする。

街に出てうまいものを食べることが好きで、それがほかの何を差し置いても「やりたいこと」にしている人は多い。そういう人が、「グルメライターK」などという肩書きの名刺を刷って、やりたいことを仕事にすることは別に悪いことではないが、つい手抜きをしてしまいがちな、きわどい仕事であることを、ここで指摘しておかなければならない。

グルメライターは「おもろく書けなくても食える」、いや「書かなくても食える」からだ。

実はこの「書か（け）なくても食える」手抜きの構造が、あかん雑誌の負のスパイラルを下支えしている。おもろく書けない↓雑誌がおもろくない↓部数が下がる↓ギャラが下がる↓手抜きする↓おもろく書けない……、のスパイラルだ。

とくに街に出てうまいもんを食べて書いたりすることを仕事にする人（それがグルメライターなのだろう）が、バッキー井上のような酒場ライターと比べて、まったくつまらん原稿を書いている（持ってくる）のを見ると、いたたまれなくなる。

グルメライターにとって至高の手抜きは、メシだけをタダで食って「書かない」ことだ。それでもグルメライターは「食べていける」。音楽ライターはコンサートに行きまくったりプロモーターから試聴貸与盤としていくらCDをもらったところで、「書かない」で音楽をとことん聴いているだけでは食べていけないし、ファッションエディターがアパレルのプレスから、いくらコートやパンツのサンプルを提供してもらったところで、誌面をつくらないと食えない。酒場ライターともなれば食えるどころか、身体を壊すかアル中になる。当然、頭も悪くなるな（井上のことを言ってるのではない）。もちろんカネは儲からない（＝食えない）。

グルメライターK氏が、仏料理のグラン・メゾンに取材に行って、二万円のコースと銘醸ワインの撮影をして、せっかくだから試食試飲をする。はっきり言って、ベルーガのキャビアによく冷えたドンペリや、ランド産フォワグラのポワレの黒トリュフ風味をいいカトラリーやグラスで飲み食いするのは、おいしい仕事である。

そして取材が終わる。店側は「お代は結構です」と言う。K氏がいつも人に奢(おご)られるような人格ゆえなのか、著名なK氏に書いてもらえれば客が増えて儲かるからか、それはわからない。「そうですか、それではご馳走になります」とK氏はそう言って、カネを払わず帰ってくる。きわどいシーンだ。


さておき雑誌の編集をやっていると、取材経費が原稿料など制作費より、はるかに多くなる場合がある。

会社からカネを任されているのは担当編集者である。編集者は担当する作家さんやライターなどスタッフと「飲み食い」することがある。それを「打ち合わせ」などと言っている場合が多いが、その「飲み食い」こそがおもろいから、この仕事を「とことんやる」タイプの人間も多い。

けれども近年、総じて出版社は「飲み食い代」をたくさん使うことができなくなった。その「打ち合わせの飲み食い代」と、作家やライターが食べもののことを書くのに飲食店に「取材に行った際の試食試飲代」の伝票は明らかに性格が違うのだが、経理担当はいちいち見分けることをしない。同じグルメ誌やグルメ特集の取材費である。なので仕事をグルメライターK氏に出した担当の編集部員は、試食試飲の取材費の三万円が助かるから、「Kさんまたお願いしますね」となる。

K氏は仕事として、店を取材して雑誌に露出すると客が増えるという構造にどっぷりはまっている。

だから「グルメライターかなんか知らんけど、そんなん取材して貰うても、うち常連ばっかりで、客増えへんしええわ」というような街場の鮨屋や、「取材。それなんですか？ お金取られるんちゃうの、ややこしいのイヤや」というようなおばちゃんがやってるお好み焼き屋には、そこがこの上なくうまい店であっても、仕事上どうしても足が遠のく。けれども新たなおいしい店を開拓しなければならない。

そうなると片っ端から食べ歩いて痛い思いをするのではなく、知らない店を効率よく回るには「一度食べに来てください」という招待が一番だ。編集部やグルメライターに開店レセプションやプレス試食会のインビテーションを送ってメディアまわりの人間を集め、話題づくりという名でごちそうを振りまく飲食店も多い。

別に試食会に行かなくても、その店の料理が好きで普段も食べに行ってる「やりたいこと」をやってるライターも多いが、人間さもしいもので、タダとなれば足が向いてしまう。

いやちがう。「仕事は効率よく、コストは最小に」の話であった。

二〇一三年七月十日

「食べログ」と「通」の埋めがたい距離について。

前回のコラムはあまりにも反響が大きかった。結構なことだと思う。とくに編集者まわりで「グルメライターK氏」についてあれこれの憶測が飛んだ。何を隠そう「K氏」とはこのわたくし「KOH氏」のことだ。

これまでそれこそ山のように店や食べ物のことを書いてきた。そのK氏が食べ物について書くことが、ときに恥ずかしいと思うのは、「仕事やから領収書をもらい、経費でメシを食う」とか、「タダで食わしてもらって書くのはバーターやんけ、結局のところ」という意識かと思う。

もうひとつ感じることは、ワンランク上の肩書きになって「グルメ評論家」みたいになると、やりたいことが面白くなくなる気がすることだ。しかめっ面（つら）をしてメシを食うのはかなわんし、他人に見られるのは恥ずかしい。

K氏があくまでもやりたいことというのは、街で飲んだり食べたりして「ほんまにエエ店やな」ということを感じることである。エエ店の基本は、バーや居酒屋といった酒場ではやはり酒がうまい、仏料理店や鮨屋といったメシ屋ではあくまでもメシがうまい、ディスコやジャズ喫茶やレゲエバーといった音楽を聴かせる店では、ナイスで踊りたくなる音源が、いい音響装置でよく鳴っていることだ。

あたり前のことと言えばあまりにもあたり前だが、「ああ、エエ店やな」となる店はそんな基本は当然のように押さえられていて、さらにうまいやいい音といった一般的な物差しに加え、その店にしかない「あるもの」が揮発しているからこそ、思わず「ああ、エエ店や」と声が出るのである。その「あるもの」というのは微妙で、その店へ誰かを連れて行って喜んでもらったり、ほかの客と話で盛り上がることだったりという、人づきあいの領域だったりもする。

グルメやワインのライターにしろ、音楽評論家にしろ、仕事は食べたり飲んだり音を聴いたりして書くことであり、舌の良さ耳の良さがそれを支えることになる。それが「評価してやろう」というスタンスに繋がることも多く、そこにやりたいことを仕事にしてしまった悲劇がある。

どこで何を食べてもオレは満足しないぞ、オレはグルメ評論家だから、というスタンスを一旦とってしまうと、自分にとってのうまいものはどんどん少なくなってくる。それに加えて「ああ、エエ店や」になる「あるもの」をなかなか検知できなくなるようだ。

「食べログ」などの書き込みを読んで、「痛いなあ」となるのがこの手のスタンスで、シロウトだけにこれは余計にツラい。決定的に「あかんやろ」と思うのは、ブロガーたちがグルメ本などの評判を見て、店に初めて行って、「料理がまずい」「サービスがなっていない」「コストパフォーマンスを考えると二度と行かない」といった「評価」や「査定」をしていることだ。

K氏がよく会社帰りに行くイタリア料理の店は、音楽好きの店主が店に立ち、友人のシェフが調理する小さな店だ。「イタリアンバール」とかで書いてしまうと、そこでかかるサルサやフラメンコといったラテン系ダンス音楽の絶妙な選曲が味気なくなる。

とあるブロガーはこう書いていて、わたしやその料理店のオーナーの目蓋(まぶた)を閉じさせるのである。

こちらで評判が良さそうだったので、行ってみました。

カジュアルバル。

入店時はノーゲストでしたが、二人で一番小さい席に通されました。せ、せまい。これは一人用のフードでもう十分になってしまいそう。

そして、意外にあまり興味をそそるメニューがなかったので、（二軒目だとすると十分な品揃えなのかも）とりあえず様子見で二品のみ注文。

バーニャカウダは最近多くのイタリアンで出されるようになりましたが、あまり美味しくないお店が殆ど。

野菜はいいのですが、肝心のソースにばらつきが。

こちらも、全然バーニャカウダソースではない。常温のアンチョビオイルソースなので、何というか、印象は単なる野菜スティック。

確かにソースを下から熱すると沸騰して煮詰まりがちなので何かと手間がかかりますが、これでは、野菜をもりもり食べにくい。

などしているうちに、その小さいテーブルにもう一品はこばれーの、取り皿も増えーので、なんだか煩雑になってきた割にしんどくなってきたのでそそくさとお店を後にしました。

バル的と言えるのは近所のabukuみたいなのかな。がちゃがちゃしているが活気があってなんとなく楽しい……みたいな。

文章が下手だとかそういう話ではなく、「オレに言わせりゃこの店のこの料理は……」という態度で店に関わっているかぎり、きっとうまいもんにはありつけないし、店で消費者というスタンスを変えないかぎり「あるもの」を感じることはできない。

どこで何を食べてもうまいと思ってる人のほうが、実はうまい店いい店を知ってるというのはあたり前だ。その人はいい店しか行ってないからで、そうかそういう人のことを「通」というのか、などとようやく気づくわけだが、「通」という職業などないし、それでは食べていけない。

いや正確には、現にそのとき、そこで食べているという実生活があるが、その食べていることをそれ以外の仕事で成り立たせているわけである。

食べものについて書くことを仕事にする人のうち、「まずい」や「よくない」を書く人に、なるほど「通」が少ないと思える事情はこのあたりにある。

二〇一三年八月十四日

本店 2本目角曲る
すし幸
185円
280円

飲食店のあかん現状について。

Ｋ氏はこのところ、家でごはんを食べることが多くなった。簡単な料理もしているようだ。街や店好きのＫ氏なので相変わらず食べたり飲んだりで店へ行ってるが、限られた店しか行かない。新しくできた店など、まったく興味がないようだ。大阪や神戸や京都の飲食店について書いたり編集したりの仕事をしているので、それはあかんやないか、と自分でも思っているが、もっとあかんのはこのところの飲食店のスタンスや。そうＫ氏は鼻をふくらまし、ツバを飛ばして語るのだった。食べもん屋というのは、服屋や家電屋、ガソリンスタンドと違うでホンマ、ということらしい。

「オムライスは手もかかるし材料もエエのを使(つこ)てる。ほんまはやめたいんやけど昔からの常連が『これだけはやめんといてくれ』と言うし、商売度外視ですわ」

「トロは鮨屋の命ですからね。原価計算なんかしていたら出せませんよ、はい。まあ、おかげさまでおやじの代からの鮪卸(まぐろ)が、いつも良いのを回してくれるので、なんとかやっていけてます」

交換経済ではないのだ。贈与、町内会、街的なのである。

だからこそそこではグルメ情報誌に「裏メニューのオムライスがコストパフォーマンス抜群」と掲載され、「食べログ」に「この鮨屋ではトロは必食」と書かれても、フライもの主体の老舗洋食店へ一見で行ってオムライスだけを注文するとか、いきなりのトロ連打とかそういうのはダメである。これは極めて行儀が悪い態度であると同時に「街の掟破り」というもので、それには相応の落とし前がつけられてしかるべきなのだ。

K氏の友人がやっている、注文を聞いてから餃子を巻く餃子専門店はよくメディアに露出する人気店だ。とある情報誌に掲載されたときのこと、若い男女三人客がやって来て、二種類の餃子を一人前ずつ注文した。三人で計二人前ぽっち。

「一人あたり、ちっこい餃子五つずつ、二五〇円通しですわ」

トホホ状態になった友人は、しかたなく「お一人二人前以上で」と表記する。

ネタは違うが同様にK氏の瞼を閉じさせたのは、「料理界の東大」と云われる大阪の某調理師専門学校の先生が嘆いていた「この頃の専門学校生の気質」のことであった。

どういうことか。

調理師専門学校は二年制だ。一年間カリキュラム通り履修すれば調理師免許がもらえるが、その一年間に自分がどういうジャンルの料理人になるのかの重要な進路を決める。フレンチなのかイタリアンなのか、中華なのか。和食ならさらに細かく、料亭や割烹、料理旅館の料理人になるのか鮨や天ぷらの専門職人になるのか。「どんな仕事をするのか」を決定する二年次に進む際に、近頃の料理人志望の若者は、先生にこのように訊くのが増えたというのだ。

「一番儲かるジャンルはなんですか」

まるで悪性の商社マンみたいだ。その調理師専門学校に長年務める看板教授であるAさんは「アホらしなってきますわ」という顔をしている。

K氏はそれを聞いて「ああ、これは完全に終わってしまうな」と思ったのである。こういう若者のなれの果てが、「外食産業」のブラック企業化を促進しているのか。

「夢は一人で見るもんじゃない、みんなで見るものなんだ！　人は夢を持つから熱く！　熱く生きれるんだ！」

「今の自分は嫌だ！　みんなから愛される店長になりたい！」

「居酒屋甲子園」においての愛だの希望だの感動だの絆だの仲間だのと、ポエムの絶叫はそのB面だ。確かに「毎日十六時間労働、年収二五〇万円」では、夢はみんなで見るものなんだ！

などと叫ばないとやってられないのかもしれない。

そして経営者になって「一番儲かるジャンル」を突き進むと、夢はあっさり実現されるのかもしれないのだ。


「それにしてもなあ」と思いながら、久しぶりにK氏は日本を代表する伊料理シェフを訪問した。インタビューの仕事のためである。内容は「大阪流、食のおもてなし。イタリア料理編」とでもいうものだ。その旧知のシェフはイタリア政府よりカヴァリエーレ賞を受勲している。

以前はといっても十年以上前のことだが、しょっちゅう彼の店に行って食べていた。仕事で取材したり記事を書いたりだけの関係性ではなかった。がK氏は、客としてそのレストランにはあまり行かなくなった。

確かにこの店の猪(いのしし)のラグーソースの太麺パスタは抜群にうまい。どんな赤ワインにも合うし絶品だと思う。が、家で休みの昼につくって食べるウインナーソーセージと玉ネギとピーマンを具にしたナポリタンも、時代をひとまわりふたまわりして、うまい。ソーセージも玉ネギもピーマンも三センチ縦切りにして炒めてそこへ茹でたスパゲッティを入れてケチャップで味をつけて、食べるときに粉チーズをどばーと振りタバスコを少々。これはビールに合う。

ワインをくるくる回してテイスティングしたり、給仕長からうやうやしく料理の説明を受けて……、というのが億劫になってきたのはいつ頃からだろうか。

「久しぶりやなあ」と思いながら、インタビューのまくらでK氏がこんなことを旧知のグランシェフに訊く。グルメブームの九〇年代後半から、何が変わり何が変わらなかったのか。フランクにそういうことを訊ける街の仲間同士なのだ。

四半世紀以上も最前線を突っ走り続ける同世代のシェフは「この頃のレストランの料理人は、客も市場も自分以外はみんな『敵』やと思てる節がある」と象徴的なことを言う。

大阪の割烹の板前やレストランのシェフは毎日市場に行く。それはいち早くええネタを仕入れるということでもあるが、魚屋や青果店を覗いてそこの連中とわいわいとやる。

その日の食材を仕入れに来る料理人たちは客であり、市場の人々は買ってもらう側だ。けれどもそれは単に店と客という関係ではなく、往々にして市場の人の側がなんだかエラそうで「今日は最高の鯛とヒラメやからどっちもいっとき、高いけど」みたいなことがある。「ほなそうするわ」と素直に買って帰る料理人は、若い駆け出しの頃から「これはよかった」「あれは失敗だった」をずっと繰り返し今があるのだ。

きょうびのデパートのように、たとえ一見の子ども客であっても「こちらはいかがですか」「またお越しください」の関係性ではないのだ。

なるほど敵か。そうか今の飲食業界の若い奴は、そこのところがわからないのだ、とK氏は深く頷くのであった。

商人は消費者を上手に騙して利益を上げる。客は騙されることのないように産地を問いただしたりし、値段を疑う。そんなのはシティホテルとかチェーン店の居酒屋へ行けば、はじめからメニューに書いてある。バナメイエビを芝エビとして売って社会問題になった過去もあるシティホテルの支配人料理人や、「〇×漁港」みたいな名前の居酒屋の店長は、市場には行くことはないからそういうことに躍起になる。

が、街場の料理人と市場の関係は、玄人（くろうと）と玄人のそれであって、どちらも消費者と企業マインドでは困るのだ、とK氏は嘆くのだ。いずれにしてもとくに飲食店に関して言えば、流行（はや）らせて儲けるためにつくった店は、儲けたらハイ、言うてやめてもらわなあかんのとちゃうやろか。

やけくそになったK氏は、反してこういうときはなぜか料理をしない。家でアテをつくれるような心境ではないわいとばかりに、コンビニで缶ビールと黒霧島のパックと水、からあげクンと皮付きピーナッツを買って家に帰り、まずいまずいと言いながらも、それでもアルコールの効果でほっこりしてしまうのであった。

二〇一五年七月二十八日

「消費者」に老いも若いもない、という話。

ニートや非正規雇用者が多く、世代間格差は広がり高齢化社会においての若年層世代の負担は重くなる。そんな「割を食った」若者たちなのに、「国民生活に関する世論調査」によれば、二十代の七八パーセントが現在の生活に「満足している」。

「なぜなら、日本の若者は幸せだからです」

古市憲寿(ふるいちのりとし)著『絶望の国の幸福な若者たち』の有名なフレーズである。

「たとえば、ユニクロとＺＡＲＡでベーシックなアイテムを揃え、Ｈ＆Ｍで流行を押さえた服を着て、マクドナルドでランチとコーヒー、友達とくだらない話を三時間、家ではＹｏｕＴｕｂｅを見ながらＳｋｙｐｅで友達とおしゃべり。家具はニトリとＩＫＥＡ。夜は友達の家に集まって鍋。お金をあまりかけなくても、そこそこ楽しい日常を送ることができる」

古市憲寿氏は一九八五年生まれの三十代になったばかりの社会学者だ。

対してK氏は五十代。K氏はユニクロやZARAは着ない。みんな同じでダサいと思っているからだ。カネがないなら（ほんとは服にカネを遣いたくないのだろう。若いくせに服にセコい若者だ）神戸の元町高架下の古着屋に行けば、ラコステからナイキまでポロシャツがユニクロと同じ一〇〇〇円で十分買える。先日は岸和田の古着屋で、ドゥニームのデッドストックのピケ地ホワイトジーンズを一五〇〇円で見つけてきた。マクドナルドでランチとコーヒーなら、マルちゃん正麺塩味に豚肉の野菜炒めか、なければ生卵と大量のネギのほうが絶対うまい。マクドのコーヒーよりも、家で淹れた番茶のほうがうまい。

そういう意味からいうと、五十代のわれわれだって同様に幸せなはずなのだ。

K氏の周りには、会社を突然やめて仕方がなく派遣でガードマンをしたり、高校を中退していて以来ずっとビルの解体作業や道路のアスファルトひきをしているツレがいるし、嫁はんが昼は［鳥貴族］へ串さしに夜はスナックで働いて……という生活を送っている四十〜五十代がいる。このような低所得層はそれこそナンボでもいる。

彼らはユニクロも着るが、テレビに出ている古市氏よりも「しゅーとした」ナリをしているし、マルちゃん正麵のようにマクドナルドよりもマシなもんを食うてる。けど家に行ったらニトリだらけやけどな、などとK氏は思うのだった。

いやちょっと待て。

カネのことをいうなら、K氏とさきほどのその周りのツレたちが二十代の頃は、西海岸の風が吹き荒れていた頃で、すべてにおいて、テキリージー（Take it easy）。ジーパンにTシャツOK。「H&Mで流行を押さえた」なんて、ややこしいブランドの話をしなくても十分かっこよかったし、スキーやテニスと違って、それこそ狂ったようにやっていたサーフィンや麻雀はカネがかからない。「おいしい水 六甲」や「お〜いお茶」とかを買わなくてもオッケー、第一ペットボトルというのはなかった。何か問題でも？（昔も若者は一緒じゃ）などと考えるのである。

この春にK氏に、某週刊B誌編集部のA編集者から「古市氏のことを書かないか」というオッファーが来たことがある。

古市氏は「新進気鋭」の「社会学者」として、現代の若者の理解者としての立ち位置でた

びたびメディアに登場しますが、

「若者に夢をあきらめさせろ」

「オスプレイって、かっこ悪いですよね」

「ダイオウイカを撮影して何の役に立つのか」

などのようなシニカルな（拗ねた）発言が目立つ人物で、発言の背景にある学問のベースは大変薄弱と言われています。

週刊B誌は、古市氏のような思想の持ち主がもてはやされることに一種の違和感を覚えており、今回、取り上げることになった次第です（個人的には内田樹先生が言うところの「数値化できないものをゼロ査定してしまう」類の人間だと感じています）。

つきましては、古市氏という人物について、街場の大人、先輩としてのKさんならではの視点、切り口でお叱りをいただけないか、というのが今回の趣旨でございます。

そういうことだったが、ヘタレのK氏はそれを果たせないでいた。

K氏の周りの貧困から書き始めていって、「なぜなら、日本の若者は幸せだからです」に、「それで若者は幸せかもしれんけど、オレの周りはどやねん」と書き進むにつれ、小心者のK

氏はどんどん孤独になってくる。やっぱり書けなかったのである。

　が、ここにきてまたぞろちょっと『絶望の国の～』を読み返す機会があって、巻末の「謝辞」(「あとがき」のあとに「謝辞」がある。ここも「シニカルな（拗ねた）」態度だ）を読んで、あっそうか、ということに気づいたのである。

「本を書くというのは、孤独な作業に見えて、多くの人との共同作業でもある」と始まり、「駒場祭での小熊英二さん（四九歳、東京都）との対談」「指導教官の瀬地山角さん（四八歳、奈良県）」「本田由紀さん（四六歳、徳島県）」「上野千鶴子さん（六三歳、富山県）」といった名前が（年齢、出身地）入りで登場して、「そして何よりも編集者の井上威朗さん（四〇歳、広島県）がいなければ、本書は成立しなかったと思う。井上さんという頼もしい相談相手がいたおかげで、この本は一人で書いている気がしなかった」と、文字通り謝辞を書いているのだ。

　古市氏の本を古市氏と「共同作業」で出したのは、その人ら、周りの「おっさん」「おばはん」なのだ。「フィールドワーク」や「話を聞いてもら」ったのは二十代の仲間で、それ以外は見事にいない。考えてみるとK氏の周りの「おっさん」「おばはん」と同年代だ（六三歳の「おひとりさま」を除いて）。

ユニクロとマクドナルド、ＩＫＥＡ的に「環境設定」されていることについて、若者の一番の不幸を考えてみる。

Ｋ氏の近くに住む三十代前半の夫婦は、五〜六年勤めていた飲食店から独立し、小さなイタリアン・バルを開店してちょうど四年目だ。「最近とくに（景気が）悪くなって、安さ勝負になってきた。もうギリギリです」と言う。彼らの日常生活、つまり仕事以外の暮らしもまさにユニクロにＩＫＥＡの形であり（さすがに飲食店経営者、マクドはない）、確かにこれといって不満や渇望感はないのだが、そういった若者の「全国〜世界均一的」な消費スタイルと、彼らがやっている店の接点はまったくない。

そういう古市氏的な「なぜなら、日本の若者は幸せだからです」の消費スタイルの中から、彼らの店はどうしても外れてしまう、ということなのだ。飲食店のみならずファッションの店も同様らしい。

考えてみればこれは理不尽だ。

がんばって他店にはない店づくりをしたり、料理や酒を出そうとすればするほど、現実の「安くて楽しい若者スタンダード」とは乖離（かいり）してくる。そのスタンダードなＩＫＥＡのテーブルや椅子、四ピース二九九円のＩＫＥＡのワイングラスで店をつくれば、「なぜなら、日本の若者は幸せだからです」の彼らが普段生活し、満足している空間と同じになるからだ。そんな店に彼らは来ない。

いつでも、どこでも、大ロットで画一的、そして安価である、といった巨大資本軸の趨勢と、店の個性を前に出して一本ドッコでやっていくしかない店との戦い、これは相当に苦しくて、「なんだか多勢に無勢感がある」ということだ。若者の「そこそこ楽しい安価な日常」が、どんどんグローバル・スタンダードな様相になるのに対し、「自分でなんかやっていこう」の彼らのイタリアン・バルは、この大きな流れに抗うしかないように構造化されている。

街が「のっぺりと画一化されていく」から、「あまり街に出なくなった」若者は、同じ若者がやってる彼らのイタリアン・バルへは行かない。「なぜなら、日本の若者は幸せだからです」は消費者に限って言えることだからだ。そしてそこには本当は老いも若いもない。

Ｋ氏もときおり本音では、街場のその若者がやるイタリアン・バルへ行っては、「サイゼリヤより高いやんけ」などと思うのである。

二〇一三年十月十五日

ビール 大
小
生ビール 大
中
焼酎 麦
芋
チューハイ
酒
まぐろすきみ
肉鉄鍋
豚・かしわ鉄
肉すき焼
豚・かしわすき
豚ちり鍋
かしわ水たき
タラちり
かき（みそ）
かき水炊き
ミックス

II

「この頃の若いもんは」という物言い。

K氏はほかの同世代――五十代の人よりも、「若い者」に関わっている。「若い者」というのは会社のスタッフや取引先、仕事関係の彼らや行きつけの酒場やお好み焼き屋などで顔見知りの「若い者」……などなど、である。四十代で大学生の子どもがいる場合でも、K氏にとっては「若いもん」となる人も多い。またK氏の場合、最強なのはK氏が毎年関わっている岸和田だんじり祭礼の「若いもん」であり、町内だけでもその数は二〇〇人は下らない。

その「若い者」のニュアンスにあるのは、「その書類、若い者に取りに行かせます」「今どきの若いもんはカシスソーダとか飲みやがる」「うちの若い衆もなかなかがんばってる」という感じで、そこには部下、後輩、弟子……といった意味が含意される。「若い者」という言い方には、その若い者を知っている、また自分が知られている、という「知り合い関係」が前提となってくるのだ。

したがって「この頃の若い者は」という物言いをとくに当の若い者に言うのは、一般論ではダメで、必ず「顔と顔の関係性」がないと説得力を持たない。

駅のホームにうんこ座りしている知らない大学生に対して、「そこの若いの、邪魔だからどけ」というのは該当しない。これではあかんのである。

「はあ？　おっさん、『若いの』てオレのこと？」となって、相手と場合によっては、あなたにとって非常にややこしいことになる。「ちょっとそこに座っているきみたち、おじさんが通れなくて迷惑だから、やめてくれないか」という言い方が正統的だ。

だからこそ「今どきの若い者はなっとらん」「あの若いもんは口の利き方も知らんのか」とか言うのは、その現場にいる「若い者」に直接言うという形をとらなくて、必ず他所（よそ）の場所にいる自分の家族や周りなどの知り合いについて言明することになるのだ。これではほとんど、愚痴にしかすぎない。

実際にK氏にとっては、街のあちこちで見かける近頃の若い男のわざとボッサボサにした髪型や、はたまたわざとずらしてケツで穿いているジーパン姿は、これはもう辛抱たまらんという時がある。けれども電車の中でいきなり「鬱陶しいんじゃ」と髪の毛を引っ張ったり、「サイズ間違ごたんか」とジーンズを下げおろすことは完全に暴力である。

そういうことをすると、逆にドツかれてしまうので、そういう若者を見かけたら、近寄らないことにしている。これは『絶望の国の幸福な若者たち』がテレビに出ているのを見て、即座にチャンネルを変えてしまうのと基本的によく似た意識と行動である。

考えてみれば、K氏は二十代の頃、いや下手をすれば高校生の頃にはすでに、年上の大学生に対しても「この頃の若いもんは」といったことを言うていたのではないか。

すなわち「若い者」が指し示すものは、その同時代を生きる若者のことであって、自分から見た自分以外の若者でもあった。

彼にとっては「若い」というのは、無分別、無思慮の象徴のようなものである。中学生のいじましさみたいなものもそこにはある。しかしK氏以外の人からすると、K氏もまぎれもなくそのうちの一人だったから勝手なものだ。

けれども今や五十を過ぎたK氏の感覚からすれば、それは街や電車の中で見かける先述の若者たちよりも、四十～五十代に「この頃のおやじは」といったものを感じることが多い。つまり彼らに「チョイ悪おやじ」的なものを感じる感覚と似ているのである。

六十代にも多いな。彼らは実際には「この頃の高齢者」であるが、「この頃の若いもんはちゃらっとした服を平気で着て、胸にちゃらっと金のネックレスなんかしとる」と言いたくなるような人がたくさんいる。

それに対しては「年寄りのこと、放っといたれや」という声が多しで、これが正解であるが、感覚的には「アホぼんの大学生みたいな格好すな」という、「この頃の若いもん」にそのベースとなるモデルがある。若者はいつでも割を食うものだ。

それに比べて頭のてっぺんから靴の先まで真っ黒けで、ベントレーとか乗ってる「全悪おやじ」に対して、とくに度胸千両系男稼業の人については、いくら年下であろうが「この頃の若いもんは」と言うことが憚（はばか）られる。それは怒突（どつ）かれるシバかれるでは済まないからに決まっている。

しりとり遊びではないが、後藤忠政著『憚りながら』では、後藤氏はお笑いタレントの島田紳助はじめ糸山英太郎など政治家をも「この頃の若いもん」扱いしている。

「若い者」とはそれぞれが理想とする「大人」の反対であり、その大人は十八歳以上いや二十歳以上だ、というものでもないし、どんなバッヂをスーツの襟につけているかとか、お金をいくら持っているかとか、そんなことではないだろう。

「この頃の若いもんは」の対象となるあれやこれやには、ヤンキー的なものが多い。

彼・彼女らの服装や髪型、話し方、歩き方、ケータイのデコレーション、乗るクルマの車種、行く店、食べるもの……、とそれらは嘲笑（ちょうしょう）のネタともなりやすいが、K氏は基本的に御堂筋心斎橋でフェラーリに乗ってるような「アホぼんの大学生」（または「チョイ悪おやじ」）的な若者（またはおっさん）の精神性より、ヤンキー的なものやヤンキー的思考に関しては理解が深く親和性がある。

ヤンキー的な考え方の根底には、「顔を知っている人／顔を知らない人」の二分律がある。

顔を知っている人については徹底的に身贔屓（みびいき）で、知らない人はほとんどが敵だとも思っている。

だからこそ、顔を知っている先輩から「この頃の若いもんは……」と言われて、「はあ、すいません」と返す姿勢がヤンキーにはある。だんじり祭礼の世界に長くいるK氏は、そういう態度は嫌いではない。というか、そうでないと祭はやっていけない。

ヤンキーは「知り合いばかりでみんないいヤツおもろい人」という倫理観が根底にある。この倫理観はFacebookの「友達」のコメントや写真に「いいね！」を連打するのとは少し違う。「知り合いばかりでみんないいヤツおもろい人」というのは、なかなかに街的なものの見方、考え方なのだと思うのである。

都会は匿名性に守られた軽やかな自己をもって、消費情報ベースであっちこっちと遊んだり食べ歩いたりできる。けれども大阪ミナミや北新地、京都祇園では「顔が利く」ことが楽しく遊べる必要条件のうちのひとつだ。そういう環境では初めて行った店のことを「食べログ」でぼろくそに書いたり、バナメイエビの偽装に血相を変えてクレームを入れるような人はいない。「顔が利く」ということはフード・ライターみたいに矢鱈(やたら)めったら「店を知っている」ということではない（どういうわけか、店側は「その方、名前は知ってるけどよう知りません」というのが多い）。そういった「店をたくさん知っている」人もいるにはいるが、どちらかというと

「ここしか行かない」「いい店しか知らない」ところにグッと来るものがある。

シブい。要するに大人なのである。

ヤンキーのほうが早く大人になりたがる。「ヤンキー、もう卒業しました。はい」というヤツだ。

というか、そもそも「大人のヤンキー」あるいは「ヤンキーの大人」はいないのである。「早く大人になりたい」と思うことは、周りの「知ってる大人」から「この頃の若いもんは……」と言われて「すんません」と反省することにほかならない。それらは真の若さ、すなわちヤンキーの特権でもあるのだ。

ただし、その大人というのが、真の大人であるかどうかは別の話であるけれど。

二〇一三年十一月二十一日

点としての人と時間の話。

K氏は三十代のときには「四十歳になったら〇×〇」と思っていたし、四十代のときは「五十歳になったら〇×〇」などと考えていた。

〇×〇は「会社には九時前に出社する」「北新地には月二回以上行かない」「月に五万円積立預金する」とかである。「背広やジャケットを毎日着よう」とかもあったな。

思い出すと、〇×〇は、日常のだらだらとした欲望みたいなものについて、「ピシッといこう」「大人らしく」ということであった。

そのK氏はもう五十代に突入しているが、「六十代になったら……」ということは思わなくなっている。むしろ「うそ、もう五十ン歳やんけ」というアセリのような意識が、年々強くなってきた。そういうことが「年を取る」ことなんだろうと思ったりもしている。

そして三十代、四十代のときの「五十歳になったら〇×〇」は、ことごとく実現しなかった。かわりに、元来の近視に加え老眼が入って遠近両用眼鏡をかけるようになり、おにぎりが頬張れずスルメが噛めない顎関節症（がくかんせつしょう）が持病になってしまった。また甲南麻雀連盟のメンバーになり麻雀を三十年ぶりにやるようになったし、コンガやカバサといったラテン・パーカッションを揃えて、ラテン歌謡バンドを結成してライブハウスで演ったりするようになった（「ビルボード大阪にも出たぞ。へへへh」とK氏はよく自慢している）。

五十代に突入して、まったくこれっぽっちも思いもしなかったことが、K氏のうえに起こっているのである。

そのK氏が長い間生きてきてわかったこと（つもり）はいくつかあるけれど、時間というものは存在しないということが、先日「演歌ボサノヴァ」の始祖・カオリーニョ藤原さんの神戸でのライブを聴いて初めてわかった。「カッコーカッコー」と聴衆にコーラスさせる愉快で哀愁感あふれる持ち歌の『カッコウのうた』で、

「過去を捨てましょ過去を捨てて今を生きましょこの今を　過去は存在しないから〜」

とカオリーニョが唄う。四十代にヘビーローテーションで彼のアルバム『演歌 BOSSA』を聴いてた時期があって、この歌詞は口ずさめるほど覚えていたが、「過去は存在しないから」というのは、そのとき初めて「ほんまにそうだ」と思ったからだ。カラダでわかったと言ってもよろしいか。

「過去は存在しないから」というずばりの歌詞と、ボサノヴァの特徴あるクラーベの繰り返しのリズムを聴いていて、K氏は、あっ、と思った。

さっき聴いたはずの音は「もうない」し、次に繰り返すはずのリズムは「まだない」ということを実感したのだ。人は時間をうまく刻むリズムに同期し、人は時間で繋がるように音楽を共有する。あたり前のことだけど、なかなか昔の人間が天体の法則とか振り子運動などを用いて、こうと勝手に決めた「時間の概念」というのは、ぼさっとしていたらわからない。


ほんとに過去なんかない。

というのも、四十代で思った「五十歳になったら背広を毎日着て仕事に行こう」ということは、三十代に背広を着ていなかった過去であるが、それは記憶に「ある」もののひとつである。それらの記憶はK氏の脳の中にだけ「ある」ものだが、それは存在しない。というか、そもそも背広を着ていなかった三十代の頃のK氏が「ある」というのはおかしい。

また、「今」五十代になったK氏が、背広を毎日着て仕事に行くことは、そんなものは思い立ったらスグできる。背広をあまり着ないK氏といえど、スーツぐらい二〜三着は「ある」。

「五十歳になったら」と思ったり考えたりすることは、四十代のときにK氏が思った（はずの）三十代の記憶であり、確かなことは「明日から着よう」という未来への決意表明ではなく、そんなん今すぐ着たらええやんけ、というような状況に自分を持っていくことである。「今を生きましょこの今を」というのはこのことだ。

今を基点とするしかない「時間」というものは、K氏の目には見えない。八十年代初め頃か、TDKのカセットテープの広告で、スティーヴィー・ワンダーが出るすごいCFがあって、そのコピーが「キミは恋人が見える。僕はあふれる愛が見える。キミは僕が見える。僕には音楽が見える」だったのを音楽好きのK氏は鮮明に覚えている。けれどもK氏がいくら音楽が好きだといえども、音楽が見えないのは時間と同じだ。人が本来見ることができない時間は、砂時計や時計の針の動きや0、1、2、3……というデジタルの数字の移り変わりによって、空間表象的に見るしかない。

それを古代の中国人は、雨だれすなわち「点」で時間というものを表象するということで、このやっかいなものを感じたのだろうと、K氏は思うのだった。

水滴は点滴の音であるが、雨滴は湧き水になり大河になって海になる。あるいは一定のリズムが刻む小さな水滴が岩を穿（うが）つ。

漏刻（ろうこく）という「水」時計はもう唐代には使われていて、中大兄皇子（なかのおおえの）は飛鳥でそれをつくって官吏の時間を縛った。「天子が時を司る（つかさど）」である。漏刻は階段状のプールで、上から一滴ずつ流れる水で時間を計ったそうだ。

古代から中国人は時間を「点」で数える。五点は五時だ。「滴水穿孔（てきすいせんこう）」という言葉は、大きな石に水滴があたって穴があくことで、ことわざ辞典には載ってないけれど、K氏がなぜか覚えている四字熟語である。滴は点であるのと同時に音だ。だから一定のリズムを刻み、音をたてるものは、自然と人間に時間の概念と水の関係性を呼び起こすのだろう。

人が心音に合わせて歩いたりすると、それだけのぶん、家や街から離れたりするので、距離の感覚もリンクしてくる。遠いところの人に会いに行くのに、徒歩では三カ月かかってしまうが、舟をつかって中国の大河や瀬戸内を行けば、なんとなく気分も楽な感じだ。

人も家も店も「点在」している。人はその一番小さな「点」であり、地理的な距離や地勢から感じるそれぞれの時間感覚を有している。ありとあらゆるところに点在している人（ほんとうに点としか見えなくて、そこには戸口も窓もない）は、それぞれの時間を内蔵しているのだ。

点在している人のうえに、太陽が昇ったり月が光を照らしたりすると、並行するおのおの時間が、おのおのの宇宙をなすことになる。だからこそ、遠く離れている二人が、同時に月の光を見るとしたら、それは一つの同時体験だから、何らかの繋がりをもたらしてくれるような気がする。

同じようにだれかと一緒に音楽を聴くことは、もっとそれを感じることになるし、同じ音楽、同じリズムで、酒を飲んで唄ったり踊ったりしていることは、思想やイデオロギー的な連帯よりももっと繋がれる感じがする。

K氏がとりわけ好きなラテン系のリズムの「刻み」は、人ひとりひとりにはおよびがつかないような大きな作用になりえる。「音楽(サルサ)に国境はない」というやつだ。

そしてサウダージ。思いあふれて。ボサノヴァにはそんな曲が多い。

若い頃にサーフィンにはまっていたK氏は船旅が好きだ。なんだか同じ感覚だと思っている。太平洋でもマラッカ海峡でも瀬戸内海でもどんな海でもいい、船に乗って移動していると、それは遠い遠い旅行であるものの、これから会う人や行く店や街が確かに水によって繋がっている気がする。海を見てはるか離れた恋人を思う気持ちだ。しかしそんな時代は過ぎ去って、飛んでいける時代になったし、逆に時間とカネがそれを許さないようになった。

人はひとりひとり「点在」して生きているのだから、どんなに思っていても愛していても、時は人を離れればなれにする。阪神大震災を経験したとき、K氏が書いた「かなしみの種類は二種類しかなくて、それは何かをあきらめること、誰かと別れることである」のそれだ。

が、その時間の共有は人間の思い入れがないと成立しないのではないだろうか。同じ土地にいても思い入れがないと成立しない。だからこそ耳をすまして二人して同じ雨滴の音やリズムを聞くということは、愛し合っていることの証になるのだろう。

人間の目や視線が力を持っていることと似ているな。

小津安二郎の映画に出てくる人物が、肩を並べて横向きに、ぼそぼそと話しているとき、二人して、時の流れと目に映るものを共有している。その繋がる二点の人は時間を霊魂（れいこん）化している。時の流れを霊魂と化させるのは、音楽であったり、雨滴に穿たれた石であったり、詩的な言葉であったりする。

目に見えない時間の共有性。点在する人々よ、点は時間ということなのだ。

二〇一三年十二月十四日

『恋人がサンタクロース』のユーミン考。

Ｋ氏は年末の休み、十二月二十九日にＮＨＫ「Songsスペシャル松任谷由実〜生きる歓び歌にこめて」の再放送をなんとなく見ていた。

歌番組が好きなＫ氏はＮＨＫのこのシリーズで、ちあきなおみ、髙橋真梨子と立て続けに見た。ちあきなおみの『喝采』を作曲中の中村泰士が、作詞した吉田旺（おう）に「黒いふちどりがありました」のところを「ちょっとないんじゃないか」と言ったが、後日「そこがないと、この曲ではない」と答えた秘話が披露され、Ｋ氏はしびれた。

髙橋真梨子が女手一つで自分を育てた母親の不倫相手を「すごくエッチな人だった」とあけすけに語り、母がホステスとして働いていたスナックを訪ねるシーンで、その店のアールのついたものすごく長いカウンターに、Ｋ氏はすっごい昭和でかっこいいと思った。

それに比べて、松任谷由実のはつまらなかった。

パリに行って、ジャック・プレヴェールの孫と会ったり、プレヴェールの詩をカフェで朗読したり、ロサンジェルスで仙人みたいな髭(ひげ)のベーシストと新曲をレコーディングするシーンなど、K氏は「まるでマガジンハウスの雑誌やんけ」とがっかりした。

髙橋真梨子の回で、脳梗塞で倒れリハビリ中のペドロ梅村さんが、左手が不自由なのにコンガを叩くステージのシーンを思い比べて、

ごっついしょうもないと思うのは、髙橋真梨子の同番組をこれまた録画で見たからだ。『卒業写真』も『ひこうき雲』もカラオケで唄うことがあるが『五番街のマリーへ』とか『ごめんね…』とは唄の種類が違う。

などとTwitterにつぶやいた。

松任谷由実のその新しいアルバムは『ポップ・クラシコ』という名前で、そこに入る『シャンソン』という歌が紹介されて番組は終わるのだが、それを聴きながら「ユーミンの時代」はK氏にとって完全に終わってしまっていると思った。

スタイリストやデザイナーなどとそのジャケットをつくるシーンも、八十〜九十年代初め頃

の広告代理店的なクリエイティビティの手触りがしていた。

ちなみに髙橋真梨子は、明後日の大晦日の紅白歌合戦で『for you…』を唄う。おまけに紅組のトリである。

K氏は紅白で「あなたが欲しい　あなたが欲しい」と熱唱するのを聴くのはちょいと恥ずかしい感じだが、この『for you…』や『ごめんね…』の「消えない過ちの言い訳する前に」などに共通するそういった類いの歌詞は、北新地のカラオケのあるラウンジで自分で唄うのは恥ずかしいが、チーママに唄ってもらいたい最右翼かと思っている。

それらの歌とユーミンがよく唄ってきたヒットソング内容は、同じ男女間のややこしいことであるが、まったく手触りが違う。「ユーミン史上究極！　恋愛のテッパン45曲を収録したユーミンベストアルバム『日本の恋と、ユーミンと。』」が、二〇一二年十一月に出た四十周年記念ベストアルバムCD三枚組の謳い文句だ。

音楽好きでラテンバンドをやっているK氏は、ハードロックとJポップ以外、世界中の音楽は何でも聴く。自分が二十代だった時代の音は、日本では山下達郎やよしだたくろう、西田佐知子や平山みき、河内音頭など浪曲や民謡までのアルバムを持っている。ハイ・ファイ・セットもかろうじてある。けれどもユーミンは一枚もないのに気づいた。

といっても荒井由実はきらいではない。天才だとも思っている。カラオケではたまに『卒業写真』や『あの日にかえりたい』も唄うし、バンドの持ち歌が『中央フリーウェイ』だったりする。

何でだろう、と考えるに、K氏はふと『Meets Regional』の酒場特集で、ユーミンのことを書いたことがあるのを思い出した。朝日新聞出版の『AERA』のインタビューを引用した、酒場特集の巻頭のリード文である。

二〇〇三年五月号であることは確かだ。自宅にいたK氏はさっそく本棚を探す。あいにくその号がなかったので、「誰かいるかな」と思って会社に電話をすると、あと二日でその年が終わるという二十九日の昼は誰もいなかった。

K氏は迷惑を顧(かえり)みずに会社のスタッフに電話をかけまくる。すると一人が大阪にいて「会社の近所にいますから、今から行ってPDFか何かで送りますよ」とわざわざ行ってくれた。

「すまんなあ」とK氏。

それはいきなり一行目からこんな感じで始まっている。

朝日の『アエラ』に、ユーミンの15年ほど前のインタビューで「あなたの歌はこの先ずっと売れ続けるのでしょうか」というのがあった。

それについて、「日本人がこのまま豊かで、都市銀行がつぶれたり、世界の先進国から転げ落ちたりしないなら、売れると思う」という談話があって、それを思い出して、この人の、自身も含めた時代感覚はずば抜けたものだと感心している。予言として額面通りにとらえるなら、リゾートなテーマパークとかクラブのシャンパンとか、なんちゃら・ウォーモみたいな存在感覚なんだろう。

というのを冒頭から書いていて、酒場はそうではない、流行軸は歌のようにその時代を反映しているものの、「よく仕事をしたから」とか「会社でいやなことがあったから」とかの日々のあれこれの機微(きび)にしっかり寄り添ってくれる、「ずっと変わらぬ酒も今日の酒も連続している。バーでよろしくやろう」、といったリード文だった。

彼女は「売れ続けている頃」、これっぽっちも、銀行がつぶれ日本国民が貧困になってしまう、それで自分の歌が売れなくなるのだろう、と思わなかったのだ。そういう危機感をちょっとでも暮らせながら、曲をつくり歌を唄っていたのではないんじゃないの、という皮肉な内容だ。

親切にその誌面をPDFにしてメールしてくれた部下は、「小田嶋さんも書いてはりましたね」と言って笑わせてくれる。K氏の貧弱な本棚には、酒井順子さんの新刊『ユーミンの罪』はないが、小田嶋隆さんの本ならある。

その『ポエムに万歳！』（新潮社）のくだりはこんなのだ。

ちょっと話はズレるかもしれないが、先日、広告業界で活躍している友人の岡康道と対談した折、日本の女性進出に一番貢献をしたのは、男女雇用機会均等法でも、中ピ連でも、田嶋陽子でもなくて、ユーミンだろう、という見解で一致した。ユーミン出現以前の歌の世界では、結局のところ、男にとって都合の良い女ばかりが描かれている。「捨てられても待っている」はもちろん、「忘れられても尽くす」ことを自らの幸せであると認識し、3年目の浮気には、かわいくすねてみせるのが精一杯、どうかすると「悪いことをしたらどうぞぶってね」ぐらいな媚びを売る始末だった。

ところが、ユーミンにかかると『恋人がサンタクロース』である。それ以前に、クルマで迎えに行かないと、家から出てこない。もちろん、国産車はNG。おそらくアルファロメオ・スパイダーぐらいが想定されている。でないと、埠頭を渡る風の中で横顔がどうたら言う状況の説明がつかない。こうしてみると、歌の力はバカにならない。八十年代からこっち、クリスマスにシティホテルをとって女性をエスコートせねばならないという義務が生じたのは、必ずしも女性月刊誌がキャンペーンを打ったからだけではない。背景にはいつもポエムがあった。

ユーミンの歌について、彼女よりちょっと年下のK氏が「それ、なんか違うんちゃうか」とか「オシャレ命だけは、やっぱりあかんやろ」などと思いながらも四十年聴いてきたのはそこのところだ。今もYouTubeにアップされているユーミン四十周年記念アルバムの曲をヘッドホンで聴いている類いの、K氏が過ごしてきた四十年間の「日本の消費的なるもの」のスカさなのだ。

そしてそれらは『卒業写真』で唄われる「人ごみに流されて変わってゆく私をあなたはときどき遠くでしかって」という歌詞であり、それによって鼻の奥がキナ臭くなる「恋愛のテッパン」と称して消費してきた、当のユーミン自体の作品なのかもしれない。

今や二十代の若者から五十代のK氏までその「消費のテッパン」は、「ユニクロ冬の応援価格！」の四九九〇円のウルトラライトダウンジャケットであり、一ケ一五〇円のローソンのゲンコツメンチである。

そして鼻の奥に感じるキナ臭さは、戦争のそれに変わってしまった。

二〇一四年一月六日

アラビヤ

「タイトル、まだ決まってません。」的な禁煙の話。

K氏は毎日、酒を飲んでいる。

休日には普段の日より朝早く起きて、音楽を聴いたりDVDを見ながら酒を飲んでいるような、相当な酒呑みである。いや本当は逆で、朝からラムのソーダ割りを飲みたいがためにサルサを聴いたりしているのだ。ただ毎日朝から晩まで浴びるほど飲むと、カラダも仕事も人生も台無しになることぐらいはわかっている。そこまでアホと違うからわかるというか、実際に長い飲酒生活で経験値を持つように酒の怖さを学習しているのが救いだけれども、仕事以外の時間はだいたいのところ飲んでいる。

外では酒場に限らず、うどん屋でも駅のベンチでも、もちろん家でもどこでも飲んでいる。好む酒の種類は日本酒から焼酎、ワイン、ウイスキーまで、何でもこいだ。その飲み方は、灰皿があるところに座るとつい煙草をくわえてしまう、といった喫煙者の癖のようなものかもしれない。

煙草については、社会ではこのところ喫煙者＝犯罪者みたいな捉えられ方をしているが、酒に比べて害がないと自分では思っている。「自分では」は「自分にとって」かもしれないが、とくにアタマとココロ、そしてフトコロには酒のほうが絶対悪い。

Ｋ氏が本格的に酒を飲み始めて三十余年、警察沙汰を含めてこれまで酒の上で失敗したことはそれこそ枚挙にいとまがないが、煙草ではそのようなことは皆無、あるはずがないと思っている。これは正解だろう。むしろ煙草のそういうところに、「喫煙は、あなたにとって肺がんの原因の一つとなります。疫学的な推計によると、喫煙者は肺がんにより死亡する危険性が非喫煙者に比べて約二倍から四倍高くなります」「喫煙は、あなたにとって脳卒中の危険性を高めます。疫学的な推計によると、喫煙者は脳卒中により死亡する危険性が非喫煙者に比べて約一・七倍高くなります」というパッケージの警告が示す怖さがある。

Ｋ氏のまわりには実際、煙草のせいで肺ガンや脳卒中になったと名指しされる人がいるし、医者にはことあるたびに「即刻やめなさい」と言われている。これはいわゆるドクターストップのはずだ。それでも「なんとなくやめられない」ところに、ニコチン中毒のもうひとつ上のやっかいさがある。この「なんとなく」は、医者の話を聞いてよく理解しているつもりだ。「肺ガンや喉頭ガンになって、まだ煙草を吸う人はいない」ということであり、そうなれば絶対やめるくせにやめない。そこが煙草というドラッグの一癖も二癖もあるところだ。

K氏がなぜ煙草を吸うかというと、それはもちろんうまいからである。鮨屋でネギトロで締めてアガリを飲みながら吸うピース・スーパーライトの味は、これ以上のものがないと思っている。

また煙草は仕事をしながらも吸える。

K氏が生まれて育った下町では、不動産屋の商談コーナーや土建事務所の応接室ではまだガラス灰皿特大サイズが健在だし、魚屋はくわえ煙草でトロ箱を運んでいるし、大工の場合は鉋がけの台の横には一斗缶を赤く塗った灰皿がある。喫茶店はホッと一服するところであり、漁港エリアの再開発商業施設に入ったスターバックスは、世界でここの店舗だけ喫煙可能だという噂も流れたことがある。

K氏が煙草を吸いながらやっている仕事は編集だが、ここ数年執筆が増えてきた。一六〇〇字という規定の字数をまさに書き終えて、煙草に火を付けて読み直すときのうまさは格別だ。脳みそが「今日も元気だ煙草がうまい」と唸るのだそうだ。

たしかに古い映画を見ていると、仕事中に煙草を吸っているシーンが頻発する。内閣総理大臣も閣僚も、銀行頭取（とうどり）も大学医学部教授も、会議室や応接室、執務室、社長室で目を細めてうまそうに吸っている。かっこよく渋い大人のシーンだ。実際、昭和四十年代の日本の成人男性の喫煙率は八〇パーセントを越えていた（現在は三二パーセント）。

しかし酒は違う。酒を飲みながら仕事はできない。

酒を飲んだらクルマが運転できないのは、飲酒運転で捕まれば、社会的に葬（ほうむ）り去られて人生を台無しにしてしまう、ということもあるが、酒に酔うと運転が危なくなるからに決まっている。煙草を吸って運転しても危なくなることはないが、酒の場合は良い感じなごきげん状態でも、ハンドルを握れば危ないということを普通の大人は知っている。

同様に酒を飲みながらの会議は、さぞかし楽しいのだろうけれどNGである。

なぜK氏が今回、煙草のことをしつこく書いているのかというと、真剣に禁煙を考えているからだ。現にこれを書くためにキーボードを叩いているのだが、横に煙草もライターも灰皿もない。

二十回以上の禁煙経験者であるK氏は、「今回は本気だ」と思っている。前回も本気だったので、三日間の禁煙ができた。

「禁煙みたいなもんは、いつでもできるわい」と思っているK氏の禁煙方法は、いわゆる「根性禁煙」である。ニコチンパッチやニコレットを使ったりするのはヘタレのやることだと思っている。医者に行って「禁煙外来」だと？　小児科じゃあるまいし冗談じゃない。それなら中学生のときに「大人ぶりたいから」などと、はじめから煙草などに手を付けへんわ。

　そういうところにK氏の莫迦(ばか)さ加減が表出している。


　今回K氏はエアコンで鼻の奥と喉をやられて夏風邪をひいてしまって、耳鼻咽喉科に行くはめになった。そこで医者に「禁煙しないと、もう知らないぞ」と言われてしまった。「どれどれ」とファイバースコープを咽喉に突っ込んだ医者は、「うわー、煙草やなあ。これはひどい。真っ赤っかに炎症起こしているうえに、白いにまだらと書く、白斑(はくはん)までできている。典型的に五年以内に喉頭ガンになる体質です」などと言われたのである。白斑てカネボウの化粧品じゃあるまいし、などと思ったが、「こんにちは。今日は雨が降りますね。降水確率七〇パーセントと出ています」みたいな口調で、「ガンになります」と医者に言われたK氏は、「はい、やめます」などと言う。

嘘に決まっている。

K氏は（煙草をまだ吸っていない）子どもの頃から鼻の奥の粘膜や扁桃腺（へんとうせん）や声帯のあたりによく炎症を起こす体質があり、それは風邪のウイルスや細菌が悪いんやないかなどと思いはすれ、煙草のせいだと思っていないからだ。

たかだか一日二十本の煙草。オレとこは家系がガン体質ちゃう、どっちゅうことあるかい、などと思っている。

酒が原因で、カラダをいわしてしまう場合は違う。

ずっと飲み続けて肝硬変（かんこうへん）になったり高血圧がらみで脳卒中を起こしたりするのは、体質うんぬんではない。体質うんぬんがあったとしても、それは別の意味であり、酒の魔力があまりにも強烈だからだ。酒のうまさ、酔う楽しさは、カラダとアタマとココロの全部をまんべんなく攻撃してくる。そしてまずいちばん弱いところを目に見えるかたちで壊してしまう。

たまたまアタマやココロがカラダよりも弱かった場合は、酒乱で人格破綻（はたん）したり、精神障害になったりするし、抑鬱（よくうつ）が原因で自殺したりもする。喧嘩で人を刺したりするのは最悪の部類だ（煙草が原因で喧嘩はしない）。

遊びは昔から「飲む、打つ、買う」の順番通りであり、「打つ」も「買う」も「飲む」とワンセットであるから、古今東西に酒が因での放蕩、遊冶郎、穀潰しの話は掃いて捨てるほどある。アル中はありふれているがゆえに怖い。ありふれているからこそ、その人がいかに壊れていくか、いかに惨めになっていくかさえも、街での検閲対象になる。

「酒さえ飲まなかったら、どんなにええ人か」という下町的常套句は、「煙草さえ吸わなかったら、ガンにならなかったのに」というのと比べると深すぎる。

アル中を克服した小田嶋隆さんは「酒がたばこと違うのは、酒って習慣の問題じゃなくて生き方の問題だから」（『人生2割がちょうどいい』講談社、二〇一八頁）と、対談の中で語っている。

酒とタバコと男と女、いや違った、酒と泪と男と女だったか。江夏豊は医者に「酒、煙草、女、麻雀」のうち一つをやめろ、でないと死ぬぞ、と言われて「酒」を断った。さすが覚醒剤で実刑をくらってた江夏。なかなか考えさせられる選択だなあ。

そういう言い訳を考えながら、コンビニへ煙草を買いに行こうか、いいやタスポをハサミで切って捨てようか、などとK氏は悩んでいる。

二〇一三年九月九日

服がおもろなくなった時代の話。

K氏はけっこう、服持ちだ。

商店街の生地屋の息子に生まれ、糸偏の中で育ち、雑誌編集の仕事ではファッションページを担当してきた。若いころから人から「お洒落ですね」と言われるのに慣れているようなK氏であるが、このところファッションに対して、以前ほど興味がないらしい。

紺のジャケットだけで十着以上持っている服持ちのくせに、そのジャケットも一回も着ずに、この冬はコート二つとセーター三つと下はジーパンのみで過ごしている。ローソンヘタバコを買いに行ったりするときも含め、靴もほとんど二足しかはいていないし、客が家に来るとき以外は、ジャージ姿だ（これだけは昔も同じだ）。

それはK氏の思い込みかもしれないが（K氏はときにそれが激しい）、ユニクロやZARAやH&Mばっかりになったことが原因だと思っている。

「食べもん屋で言うたらガストとロイヤルホストとサイゼリヤ、どこが美味い、みたいなもん、何にもおもろないやんけ」とのことだ。

そういう時代が悪い。だから服がおもろなくなったから、服に気を遣わない。

とても短絡的だ。

あたっているところはあるけれど、しかしあまりおつむが良い発想ではない。その証左にお洒落に気を遣わなくなったK氏は、実際見るも無惨な格好をしている。

服のみならず髪も伸び放題で、髭もぼうぼうで、落武者のような姿だ（落武者は見たことがないが）。自分の姿を鏡で見て、外へ出て行きたくなくなるほどだ。

「お洒落に気を遣う」ということは、なかなか複雑だ。

ストレートなのは何といっても、「カッコいい服」を「カッコ良く着ること」だ。トム・フォードでもドルチェ&ガッバーナでもコムデギャルソンでもなんでもいい、ショーウインドウに並んだばかりのコレクションをばしっと着て、みんなに「おー」と言わせるのは楽しい。北新地のクラブやラウンジへ行って、チーママに「またまた、いいお洋服ですね」と言われるのはもっと楽しい（これもあまりおつむの良い発想ではない）。

けれどもお洒落を自認している人の中には、「服には気を遣っていません」ということを目的化して「服に気を遣う」みたいな人がいる。すっぴん美人を目指すためのすっぴんメイク、みたいな感じだが、これはK氏によると「なりふりの構わない、なりふりの構い方」の対偶にある痛いスタンスだそうだ。

そういうヤツらにかぎって、ロロ・ピアーナとかのむちゃくちゃに良い生地の「普通のスーツ」を着ているし、普通のコートがこれまた誰が見ても良いとわかるカシミアのコートだったりする。しかしなぜカシミアのコートを着ている人に、お洒落でカッコいい人は少ないんだろう（↑K氏のひがみっぽい余談）。

カッコいい服をカッコ良く着ることはカッコいいし、普通の服をカッコ良く着ることもカッコいい。要するにダサいやつは、アルマーニを着てもエルメスを持っても、ダサいからダサい、ということなのだ。年末以来約二カ月の間、連日連夜のてっちりとヒレ酒と刺激のとりすぎで、おつむがしびれているK氏ではあるが、これは的を射ている。

けれども「お洒落に気を遣いたくないからユニクロ」というのは違う。

「それはウソやろ。絶対」とK氏は断言する。

服屋の前を通る際に「邪魔くさいなあ」となっているK氏ではあるが、年明け早々葬式へ行くのに白のカッターシャツが必要になった。

白のカッターシャツは、ボタンダウンもレギュラーカラーもワイドもあるにはあるがアイロンを当てていない。これ着て行ったらナンボなんでもそら失礼やろ、とK氏は思う。なかなかの小心者だ。かといってユニクロには行かない。

以前のK氏なら「そんなもん一番近いデパートへ行って、テキトーに買（こ）うたらええやんけ」と思うのだが、「デパートはめんどくさいし高いしヤンピや」となってしまうほど服に対してヤル気がなくなっているのだ。

「まあ、何でもええやんけ。どこでも売ってるし」などと、文字どおり気を遣わなくなっているうちに時間がなくなってしまった。葬儀は明後日、待ったなしである。

白いシャツでもなんでもそうだが、服を買うには銭（ぜに）が要る。だからより好んでダサい服を買うことはない。だからあり合わせで行こうとする。会社の近所の服屋にマオカラーの白いシャツが売っているのをK氏は知っているが、もちろんそれは絶対買うことがない。

これも多大な思い込みで短絡的であるが、いかにも偏差値が低そうな高校の、ブレザーにグレーのズボンの制服を着るのに、わざわざだぶだぶのズボンをケツで穿いている眉毛を剃ったヤンキーのガキんちょよりも、マオカラーのシャツを着ている建築家上がりのまちづくり系コンサルの類の人のほうが、なんだかダサいと思っているからだ。

むちゃくちゃ腹が減ったとき、あとで後悔するぞとわかっていてなお、何でもエエわとコンビニで肉まんを買って、案の定そうなるのとは違って、衣食住の衣の世界では、気を遣いたくないから何でもいいというのは絶対ない。

さておきK氏は、毎日のように会っている古い友人が、先日なかなかカッコ良く普通の白シャツ、それもまっさらと思しきレギュラーカラーを着ていたのを思い出し、電話をかけて「あれええシャツやったなあ、どこのん？」と訊いた。

家が商店街にあり両親のおじいおばあがやっている瀬戸物屋の息子の友人に、明日の朝にでも、同じのでLサイズを買ってきてもらおうと思ったからだ。

「あれてどれや？」

「こないだ着てた、さらのフツーの白いカッターシャツや」

「全然知らん（ブランドだ）けど、うちの家の商店街の服屋で買うたンや」

「おー、エエやんけ。頼むわ」

「おっしゃ」

そういうまったく服に無頓着で人に買い物を任す、この時代にふさわしいナイスなコミュニケーションを期待していたK氏だった。

が、古い友人は即座に「ああ、あれなあ、無印やで」と言った。その言い方も「あっ、おはよう」に「何か、問題でも?」が加わったみたいな感じだったので、K氏は完全に逆上してしまった。

「なーにが、無印や。怒突くど。おまえが無印良品てか。おまえグランフロント大阪の新しい無印にでも行って買うたんか。昔からホンマに可愛げないヤツや。おまえは昔からダサいのに、オレよりずっとダサいくせに、無印良品はあかんやろ。絶対認めへんからな」

電話を切りながらK氏は無残な敗北感につつまれた。

無印良品は誰もがふとあたり前に思う「服にあまり神経を使いたくない」という弱点をあざとく突いてくるブランドものだ。服に余計な気を遣ってないことを演出することに気を遣う、さもしい半玄のビンボー人が、まんまとハマる「あえてブランド名を無しにしたブランド」である。K氏の今の状態に、なんだかかすってしまいそうな気がしたからこそ、K氏の逆上があったのだ。

その性根は「わたしの仕事はネクタイなど締めなくていい仕事です。だからネクタイを締めるシャツじゃないシャツを着てるのですよ」などと、わざわざマオカラーのシャツを妙なデザインのジャケットの下に着る志向とも共通するが、それより服としてそれを着ることがもっとダサいと思うユニクロの一番おもろないとこは、まず「値段が安い」というカネの話しかないところで、「服に余計な神経使いたくない」という、あたり前のことの落とし所が「リーズナブルだから」に直結していることだと思う。

あるブランドの服を着る理由としてこれ以下のものはない。ブランドものの服を着ることについての「デザインもそんなに悪くないし」というあいまいに否定するスタンスの言い訳は、マオカラーを着る趣味よりもファッションの世界をおもろなくしているのだ。

服のことを考えるのにこういうおもろない話はない。それこそが余計な神経というものだ。

とりあえずK氏は散髪に行って、シャツにアイロンがけしようなどと、力なく決意するのであった。

二〇一四年一月二十九日

Ⅲ

セブンイレブンのコーヒーと立ち呑みで思うこと。

K氏のオフィスの向かいにはセブンイレブンがあって、原稿書きや打ち合わせの間の息抜きに、一〇〇円払ってカップをもらってあとは豆挽き(ひ)からドリップまでしてくれるコーヒーをよく買う。そのまま蓋(ふた)をしただけの状態で持って帰ってデスクで飲んだり、ビルの地下にある喫煙所の前のテーブルの椅子に座って飲んで、その後煙草を吸ったりしている。

K氏がさきほどコーヒーを買おうとセブンに行ったら、レジ横に新しいガラスの陳列棚が置かれていて、ドーナツ数種が売られていた。

マニュアルしかしゃべらないコンビニの店員さんは珍しく「今日から発売なんです。ミスドよりお安くておいしいですよ」とK氏に言う。コンビニは自分の買いたいものをレジに持っていってバーコードに通すだけの、万国共通・グローバルスタンダードの装置であるが、そこでは要らん会話はない。というより、客とのコミュニケーションはコストである。そう企業側が考えている節がある。

大阪でも博多でも名古屋でもまったく同様の妙なイントネーションの「いらっしゃいませ〜、こんにちは」という挨拶は標準語でもない。それは「はい、お客さんに挨拶しましたよ」という合図にすぎなくて、「こんにちは」と言われて「はい、こんにちは」とは返せない何弁何語でもないイントネーションだ。

マクドの「ポテトはいかがですか〜」と同様の「お箸は一本でいいですか」はマニュアルだし、イエスかノーかだけを訊く「コミュニケーションを省略するためのコミュニケーション」だ。

ものすごいしょーもないことにはちがいないが、シフト表のAくんからHさんまで（おっとCくんは中国からの留学生だった）おなじように容易に発音できる新言語を発見したコンビニ業界は、そのエゲツなさにおいて偉大である。

話は逸れたが、新しくドーナツをやるからよろしく、というセブンの店員さんのコミュニケーションらしい発語に、いつでもどこでも要らんこと言ったり変化球で返す大阪的コミュニケーションの手練れのK氏は、「ここらの喫茶店喰うて、今度はミスドを喰いにかかるんや。コンビニは命がけで殺生やな」と言った。店員は「よろしくお願いします」と言って笑った。けれどもK氏はコーヒーを買う場合と同じく、ドーナツを買ってもそのセブンのカウンター席へ持っていって食べたりはしない。

それなら酒飲みのK氏のこと、とっくの昔に缶ビールとおでんとか唐揚げを買って、そのカウンターで一杯やってただろう。

コンビニは街の喫茶店を蹂躙し、街を全国同じの味気ないものにしてきて、今度は同じ味気なさの穴のむじなであるマクドやミスドもいってもたれ、というキョーレツな企業であるが、地元の酒屋の立ち呑み屋や串カツ、おでん屋の立ち呑みに通う人間には相手にされないだろう。

それは立ち呑み屋が酒場であるからだ。酒場は地元意識に満ちあふれている。というか、酒場こそが地元性である。

他所の街に行って立ち呑みをやっている酒屋を見つけると、K氏はうれしくなるが、その店に入るのはちょっとはばかられる。長い間その街の地元の人が培ってきた、その店その場所の空気を壊してしまうと思うからだ。というより、そのむんむんと揮発している地元感に入っていけない気がする。そこらへんがK氏のシャイでナイーブすぎるところであるが、自身は「それはやっぱし行儀悪いやろ」と思っているにすぎない。

まれに「前を通るキミ。さあ一杯ひっかけていってよ」という佇(たたず)まいの店を発見する。「角打ち」がある北九州しかりで、そういう街はほとんど例外なくいい街だと思える。

もっとまれには、飲んでてゴキゲンに出来上がってる客が、あんたらええなあ〜と店を覗いてるK氏に向かって、「にいちゃん、まあ一杯飲んでイケや」みたいなことを言ってくれることがある。酒飲みは酒飲みをわかる、というヤツだ。

逆に立ち呑みができる酒屋がそこかしこにある街で育ったK氏もそういうことがわかる。

さきほどのK氏のセブンイレブンもそうだが、このところ大阪市内のキタや船場のオフィス街の大きなコンビニでは、椅子とテーブルがセットされている店が増えた。

そこではカップ麺に備え付けのポットから湯を入れて食べるネクタイ姿のビジネスマンやサンドイッチにペットボトルの紅茶を飲むOLがいたりするが、酒屋の立ち呑みのようにビールやチューハイを飲んでいる人は見かけない。

ソーセージやおかきやピーナッツなどアテも豊富だしおでんだってある。その気になれば、とりあえずのスーパードライを入口にして、イカの塩辛とワンカップ大関で十分出来上がることだって可能だ。ちょっと一杯にはとてもコンビニエンスだが、K氏と同様、みなさんコンビニでは飲る気がしない。

そのカウンターでシャキシャキレタスサンド二五〇円を食べたりマチカフェ一〇〇円のコーヒーを飲んだりしている人は、近くにオフィスがあって毎日そのコンビニへ行って、あれこれ買っている人である。けれどもそのコンビニに「地元意識」を感じたりはしないから、酒屋の立ち呑みのようにならないのだ。

酒というのは本来、飲むための場所を選ぶ、デリケートな飲み物なのだ。だから「酒場」という特別の名前がついている。

コンビニやファストフード店、ファミレスは、全国どこに行っても同じ店、同じコーナーに同じ商品が並んでいる。そこでは「今度、オレの行きつけの店へ連れてったるよ」という感覚はないし、そういうところに地元意識なんか生まれようがない。

また企業側はあくまでも経済至上主義、グローバルスタンダードでないと困るのであって、客も店で働いているスタッフも代替可能な匿名の存在だ。

酒屋の立ち呑みは、店自体がその街の地元意識そのものである。

Ｋ氏が生まれ育った岸和田に行けば、だんじり祭の時期でなくても立ち呑み屋の外にビール箱を出してそこに座って昼間っから飲んでいる人がいるが、それはその場所を疑いようのない「自分の居場所」と思っているからだ。

この場合の地元意識というのは、地元と外部の境界線を感じながら酒を飲んでいることであり、その店で飲んでいるメンバーが偏狭な内輪意識だけで固まっていると、悪い面での村体質のようにずっと閉じたままだ。

これはぜんぜん街的でない。

自分たちの居場所つまり共同体性のようなものを、どう外部につなげようとするかのベクトルみたいなものが、多分「まちづくり」だとＫ氏は思っているのだが、そういう立ち呑み酒屋がある街はその店がそれを具現しているので、そんなことをいちいち声高に叫ぶ必要はない。

さあ今日も帰りにちょっと寄って行こう、とＫ氏は思うだけなのであった。

二〇一四年十一月二十七日

大阪都構想と「西成」の「あかん話」。

橋下徹市長の政治生命を賭けたいわゆる「大阪都構想」は、住民投票で「ノー」の結果となった。

『街場の大阪論』の著書のあるK氏は、毎日新聞の東京版特集ワイドで「大阪に二者択一を迫ったのは共同体の破壊に等しく、罪深いですよ」などと殊勝なコメントを寄せていた。否決後も「南北格差」といった的外れな指摘や「生活保護者や高齢者が反対に回った」「負けたのは若者だ」とかのひどい分析が飛び交ってなさけないかぎりだ。都構想〜市民投票一連の動きや出来事は、デマや嘘や中傷や悪口……と、奴壺(どつぼ)極まりないことが多すぎて、ほとほと疲れたK氏は「あーあ、あかん話ばっかしやなあ」とため息ばかりついていた。

そのなかで最低の「あかん話」は、「大阪維新の会」名で配られた西成ビラ事件だ。

都構想で住所から「西成」をなくせます。

「西成」のマイナスイメージを消して、住みよい便利な町として人を呼び込む

↓お店、学校、町会が元気になります。
若い人が出ていってしまう西成区
↓毎年人口が減っている　あと20年したらこどものいない過疎地（?）に
「中央区岸里」などの地名になって、イメージチェンジを!
都構想なら　できます!
「賛成」をお願いします。

というビラが配布されたのだ。
「西成」という大阪市中南部の街を語る際の常套句は「あいりん地区」「ドヤ街」「日雇い労務者」あるいは「全世帯の四分の一が生活保護」といったもので、たしかにネガティブなイメージ満載のエリアだが、「西成という名前が大阪都構想実現によってなくせます」というのは、住民を舐めまくった発言だ。

このビラで思い出すのが、一九九六年の「別冊フレンド差別事件」だ。
この少女向け漫画誌の中の連載『勉強しまっせ』で、「兄貴おるけど、高校中退して家出してからずっと西成住んでるし」というセリフの「西成」に注釈をつけ、「大阪の地名。気の弱い人は近づかない方が無難なトコロ」と掲載した。

これを見た西成の女子中学生が許せないと怒り、西成区民が版元の講談社に抗議し人権問題になった。講談社は漫画誌の回収と連載打ち切りを提示し、謝罪文を書いた。

K氏には西成在住あるいは西成出身の先輩や親友が多いし、釜ヶ崎の三角公園のそばの「なべや」の鶏の水炊きは（「ポン酢が絶品」とK氏は言う）よく食べに行くし、西成警察の並びにある立ち呑み「難波屋」のライブもしょっちゅう行っている。

そんなK氏が「なにい、都構想で住所から西成という名前が消せます、てか。これは西成区民怒るし、逆にあかんわ。しかしなんちゅうこと言うねん、維新の党はアホか」と憤るのも無理はない。また「『中央区岸里』て『岸里』を持ってくるところもセコいというか、なんかひっかかるなあ」というディテールについてもさすがに指摘が細かい。

投票の結果、大阪市解体反対が過半数を超えた南部、「西成」「天王寺」「阿倍野」「住吉」「生野」「大正」「住之江」「平野」という「区」、また西成区内にしても岸里と萩ノ茶屋があるように、大阪という大都会は「ローカル」が重層的に重なりあっていて、街も人もバラバラさにおいて普遍的なのだ。

だから「旧いローカルが在る」地域の住民にしたら、「中央区」「東区」「南区」「湾岸区」など無味乾燥（名前も）にひとまとめにされることに「アホか」となる。これが本来の「保守」ではないのかとK氏は思っている。「西成やら阿倍野や住吉の人らのどこの誰が梅田やグランフロント大阪やらにあこがれて、行きたい思たりするんや」とK氏は言うのだ。

橋下徹やホリエモンとかの新自由主義の感性でいると、そこのところがまったくわからないのかもしれない。橋下市長率いる維新の会は、堺市長選のときにも「大阪市民になりましょう」とやって墓穴を掘っている。

さてそういうK氏であり、K氏は大阪の街や店や食べ物のことなどを書いたり編集したりする仕事をやっているが、三角公園のそばにある「なべや」については、情報誌やグルメ誌などに記事を掲載してこなかった。

理由は釜ヶ崎という場所についてであり、「なんでガイド本で知らん読者を仕向けて、牡蠣やとか肉やとかごっつぉを食べさせに、わざわざこんなとこまで来させなあかんのや」ということだ。「こんなとこまで」という理由については、Googleマップのストリートビューで見ると、この店がある釜ヶ崎という街がどういう街なのかがよくわかる。

［なべや］は「一人鍋」の店であり、居酒屋としても大阪屈指の店なのは間違いない。大阪で「鍋」はすなわち「ごっつぉ」であり、「すき焼き六三〇円」「鶏水炊き八三〇円」とかで食べさせてくれるのがこの店だ。とても安いが、「一泊一二〇〇円」などと看板に出ている簡易宿泊所が林立するこの街では、間違いなく「ごっつぉを食いに行く」ところなのである。

が、インターネットの時代になって、この［なべや］のことが「食べログ」でも個人のグルメHPサイトでもばんばん紹介されるようになった。コンテンツとしての内容は、安くてうまいメニューを淡々と写真に撮り、クールに「コストパフォーマンス抜群」などと書いたレビュー。はたまた西成ディープゾーン散策譚のようなレポート、「冬になるとすぐとなりの三角公園で、メシにありつけない人たちが炊き出しで、全然違う鍋を食べている」みたいなことを書いているブロガーもいる。

実際に客もスーツ姿の東京弁四人組やOL混じりのグループ、ラケットケース付きのリュックサックを背負ったテニス帰りのおじさんグループも見かける。他所からの人にも入りやすくなったのは、ネットのおかげだと思うが、帰りに「タクシーを呼んでください」という客を見ると、未だにK氏は何ともいえない気分になる。

ただこの店の「安くてうまい」にひかれて年に数回は行くセコいK氏（ブロガーとどこが違うねん）の場合、この店へはいつもどこの駅から行くかで悩んでしまうのだ。

ある寒い冬の夜、K氏とツレの二人組は、この店に行って「牡蠣の土手鍋」を食べようと、南海なんば駅から各停に乗り、高野線の駅しかない萩ノ茶屋駅で下りた。

いきなりガード下で段ボールと化繊綿のコタツ布団みたいなのにくるまって横向きに寝ころんでる年寄りたちを見て、K氏は大変申し訳ないような気持ちになった。女性つまりおばあさんも一人いた。いたたまれなくなったK氏は、「電車賃だけ残してカネ渡して、帰っておまえとこで飲もか」などとツレと話すのだが、そんなことしても何の解決にもならへんやんけ、と思うのだった。

しかしK氏とツレの二人組は、結局いやもちろん［なべや］に行って、鮪のすき身とクジラベーコン、そして牡蠣の味噌鍋と鉄鍋のすき焼き、鶏の水炊きをビールや酒でたらふく食べるのだった。飲んで食うて二人で五〇〇〇円、「ほな二五〇〇円通しな。安っすう〜」と言って、ゴキゲン状態で堺筋を動物園前まで歩いて帰った。

というのは正確ではなく、西成警察署あたりまで来て「ミナミで飲もや」ということで、阪堺線のガードをくぐって堺筋まで出て、なんとタクシーを拾って道頓堀まで向かったのだ。

［なべや］はK氏にとっては「よく行く店」だが、今も行くときに、この日の「正義」とは全然ほど遠い自分たちの行いを思い出し、ちょっとサンデル教授（古いか）の授業を聴講しているような気分になりながら、地下鉄花園町から堺筋がドン突きになる天下茶屋ロータリー跡の方角へと向かい、［なべや］に到着するのであった。

このコースで行くと、キッツい光景がだいぶ緩和されるのだ。不幸な人のさまを見て、もし立場が入れ替わって自分がそういう境遇に置かれることをリアルに想像するのはツラい。釜ヶ崎に来ると、「西成のアンコ（日雇い労務者）」や「あいりん地区路上生活者」がまる出しでバーンと露出していて、同様にそれにリンクしたこの［なべや］の一人鍋をはじめ、「ソース二度づけお断り」とか「かすうどん」とかの大阪の食がポピュラーに流通している。

ただそれはあくまでも実際の街場事情のひとつであって、インターネットを検索して「コストパフォーマンス抜群のB級グルメ」と出かけていって消費する類いの事物とは少し違う。

二〇一五年五月二十六日

「まちづくり」は禁じ手、な話。

長い間、街についてあれこれ取材し書いたり編集してきたK氏は、「まちづくり系」のシンポジウムや会合に呼ばれることがある。

書き物にすら「街場」とか「街的」とかのわかったようなわからんような用語を多用するようなK氏であるが、「行政やとかデベロッパーとかの都市計画系の人が使う平仮名の『まちづくり』という表現、あれ見るとぞっとする」と言う。文章だけでなくそういう人らが「まちづくり」と言うのを聞いても同じ感じだ。

字面がとても優しい平仮名で「まちづくり」と表記されることと、「都市開発」とか「大規模商業施設」といったデベロッパー的ながちがちの、それも○のケタが二つも三つも多い経済至上原理の「事業」の間の埋められない溝みたいなものを感じるというK氏だ。

「こと大阪の場合、七十年代のアメリカ村以降、誰かが何かを企図した『まちづくり』で、うまいことといった事例は知らない」

そうK氏は断言する。「何かを企図する」というのはもちろん経済のことで、要するにカネ儲け。アベノミクスの根っ子もそこにある。

「橋下もそうやけど政治家が何か言うたりして、経済活動がようなったり、街が賑わったりするもんちゃう」とK氏はぼやく。

確かに長引く不況とカネ持ちばかりが儲かるシステムで、街人の財布が薄くなり、街の飲食店で飲み食いしなくなった。

「みんなコンビニとか松屋とかサイゼリヤやないか。あんなん店ちゃう」

街の貧乏人の味方である街場のおばちゃんがやってるお好み焼き屋やうどんもあるめし屋は、駅前の一等地やショッピングモールやファッションビルにない。これは金融および土地本位制やないか、などと苦々しく思うK氏であった。

街は書き割りの商業施設をつくって、そこにテナントを入れる、というのではなく、「何かをやりたい人」がいきなり出てきて「自分のやりたいことをやる」。それが流行軸に乗ったカフェなりジーンズショップなりの店舗だというケースが多いが、別に料理のうまいおばちゃんがやる居酒屋や、リタイアした粋な親父がやる音楽がかかるコーヒー店でもいい（それのほうが断然おもろい、とK氏)。

その店に人が集まり「居場所」となる。仲間意識も生まれるし、その仲間が「じゃ、オレも」ということで近くに店を出したりする。ある店が人を呼び、今度はその人が店を呼ぶ。そういうプロセスで点(店)がつながり線になるとそれがストリートだ。ストリートが縦横と交差すると面、すなわち街になる。

七十年代にアメリカ村で、八十〜九十年代に南船場や堀江でさんざん遊んで飲み食いしてきたK氏は、「時間がかかるが、単純なカラクリだ」と言う。

市長や企業の役員がテープカットをして「まち開き」(↑文字変換してて情けない)をするようなものとは正反対。そんなのは商業施設のそれであって、ファッションビルやブランドもののブティックのオープニング・イベントの類いだ。

だいぶ前の話だが、心斎橋にルイ・ヴィトンの直営店(世界三号店やったらしい)がオープンするときに、東京から新幹線のグリーン車を貸し切って、上顧客(セレブリテと言うてたな)と一緒に神田うの(だったと思う)が来て、オープニング・レセプションをやって、テレビやファッション誌に露出した、みたいなことと根は同じなのだ。「何がおもろいねん」とK氏。

街は他人が「つくろうとしてできる」ものではない。店をやる人が自然発生的に集まって結果として街になるのだ。したがって「まちづくり」を職業とするプロなんていないのだ。


「情報発信」というのもよく似ているな。

先ほどのルイ・ヴィトンもそうだし、マクドナルドやサントリーが販促のために情報発信することは企業として大切だ。それにカネをかけるのがいわゆる広告で、費用対効果が期待されるならどの企業だって十億円のカネをかける。

そのために広告代理店のマーケッターやプランナー、それを表現する広告クリエーター（佐野研二郎のような人）がいる。

K氏の仕事は、街のことや店のことを書いたり編集したりする仕事だから「情報発信」しているわけだけれど、K氏は「街が賑わっておもろくなるには、情報発信が大切です」などとは言わない。

取材して雑誌や新聞やネットに書いたりして、現に「情報発信」していないかぎり、K氏は仕事をしていないのだから。書いたり表現したことが、まずその街の人に読まれたりしないと「情報発信」じゃないのだ。そしてその結果として「おもろい街や」と賑わえばいい。

「まちづくりには情報発信が不可欠だ」という物言いのありようは、「まちづくり」ということが「情報発信」によって可能だ。そういうものの見方だが、そういう「まちづくり」の人が、実際食べ物屋や飲み屋をやるわけではないし、自らサイトを開いて「おもろい店や街」のことを書き込んだりするわけでもないから、話にならない（記事にならない）。

これは「まちづくりコンサルタントの○×です」と名刺を渡されて、「なんか胡散臭いな」と感じたりすることに近い。そこには「まちづくり」や発信される「情報」の実体がない。

オープニング・レセプションに神田うのや藤原紀香や石田純一を「仕掛けて」、それにプレスを群がらせるという方法は、そんなに古くはなく二〇〇〇年前後、バブル崩壊以降のものだ。大阪府知事やその後市長になった橋下徹のメディアに対してのやり方もほとんど同じであるが、企業のそれは恫喝はしない。けれどもこのところは、議員がメディアに「広告を出すな」、作家が「沖縄のメディアはつぶさないかん」といったラインも何でもありだ。

「ヤクザ以下やなあ」と憂鬱であり、「全然、街的やない。ぜんぶメディア操作やないか」と不機嫌なK氏であった。

もし「まちづくり」というものがあるとするならば、それはその街の「まちづくりのOS」のようなものが、その街に住んでいたりの実生活があったり、店をやって生計を立てていたりの実体を持っている人々によってつくられる「プロセスそのもの」であるということだ。

そのOSは代替不可能であり（街は代替不可能なその街の地域社会である）、どこそこの「先行事例」というものはまったく通用しない。もし「まちづくり」というのがあったとしても、マーケティングだとかを導入するという発想は、極めて横着なものだと思う。

「と、いうわけでやな『まちづくり』というのは、違うと思うんや」とK氏は語るのだ。

市場原理主義や経済至上主義、つまり「利潤が得られるなら何でもあり」という考え方は、今や情報を軸とした資本主義の世界において「仕方がないこと」だけど、「『まちづくり』うんぬんは甚だしい禁じ手やなあ」。

街というある種の共同体の「現場」で、「一人勝ち」が賞賛されること、すなわち「自分だけが儲かればいい」のであり、「負けるのは自己責任だ」といった、必然的に企業や会社が目指す本質がちらっとでも見えた時点で、そのプレーヤーは「まちづくり」のテーブルにつくことの資格をなくす。

「ちょっと考えてみればわかるやろ。その場のメンバーが自分の『勝ち逃げ』だけが目的のメンツばかりいうんは、博奕場でもなんでも成り立てへんやろ。誰もそんなとこでは遊びたくない。『勝ち逃げ』やら『親の総取り』は法律では罪ではないかもしれんけど、街場のそれは紛れもない『ズル』や。『掟破り』はそれ相応の落とし前をつけたらなあかん」

今回はいつになく「コワい系」のK氏であった。

二〇一五年八月二十四日

すこし長めのあとがき

基本的にK氏にとっては生きにくい時代だ。

K氏が時代と合致していないのか、いやそんなことはない。

一部の「あいつら」を除いて以前より、「われわれ」はいきいきと生きにくくなっている。

そうK氏は思っている。

それは「われわれ」と「わたし」の断絶、あるいは「みんな」と「わたし」の間にある「われわれ」という中景が見えなくなっているからかもしれない。

K氏をとりまく時代というものを考えてみよう。

今年は昭和九十年。K氏は昭和三十年代生まれだ。

昭和四十年代頃のことは記憶にある。東京オリンピックは昭和三十九年で、かろうじて覚えているが、その時代には新国立競技場や佐野研二郎みたいなことはあったのだろうか。これは絶対言えるが、安倍晋三や橋下徹みたいな人間が、上に立ったりすることはまったくなかった。

佐藤栄作や田中角榮にしろ、大阪府知事の岸昌(きしさかえ)にしろ、政治家＝悪(わる)というのは、ガキでも常識として知っていたが、その悪の根のところがまったく違っていた。

明治百年は昭和四十二年で、小学生だったK氏は覚えている。記念行事が多かった。K氏の住んでいた街の商店街でもそれにちなむイベントがあったなあ。K氏の兄は記念切手をたくさん集めて見せびらかしていた。そういうことも右肩上がりっぽくて、明るいムードだった。

昭和の半ばには「明治」がまだ存在していて、K氏の十歳下のその年生まれの後輩が言うには「『百年(ももとし)』という名前の同級生が二人いた」とのこと。全国には何人いて、今や自分の名前をどう思っているのだろうか。

そういう勘定でいくと、短かった「大正」はすでに百年経っている。なるほどK氏の周りでも、大正生まれのお年寄りは、ここ十年でほとんどいなくなった。

K氏は昭和だと思っている。なつかしいあるいは大好きな大阪や神戸の街には基本的に昭和がまだ残っている。JR大阪環状線に乗るとそれがよくわかる。鶴橋にしても天満にしても新今宮にしても思いっきり昭和だ。グランフロントの大阪駅とあべのハルカスの天王寺以外はそうだ。京都なんかもっとそうだろう。

K氏が大阪・ミナミによく行くのは、ユニクロやらケータイ・ショップやらコンビニやら、万国共通のハンバーガーやらアップルストアやらがあっても、それら自体がデカい面をしているように思えないからで、別に商店街や長屋や路地という街並み自体がどうというわけではない。また旧い法善寺横丁や難波千日前だというわけでもない。ビックカメラのある千日前にしてもアメリカ村にしても昭和である。そんなことを言うと「それは戦後の昭和やろ」という諸先輩方も、K氏の周りにはほとんどいなくなったな。

ミナミはミナミという街を構成する食べもの屋や飲み屋が、経済合理性やグローバリズムから、どうしょうもなく何かがはみ出していたり、液体としてにじみ出たりしているところだ。そこでメシを食べてる人が笑っていたり、酒を飲んで泣いたりわめいたりの実生活が、未だ揮発しているのだ。

ちゃんと働く人がいて、その人が自分のために料理してくれたり、酒をサービスしてくれたりする。串カツに衣をつけて揚げてくれたり、前で鉄板をテコでカチャカチャ鳴らしてお好み焼きを焼いてくれたりする。店側がそういうことを生業(なりわい)としているし、客も単なる消費者ということではなく、徹底的に具体的な生活者なのだ。

グランフロント大阪の梅田周辺とはまったく違う。

そういえばK氏は、グランフロント北館のナレッジキャピタルで月二回ペースで仕事をしているが、夕方以降の場合はまちがいなくそっから北新地に直行している。いやそれはちょっとええカッコして「北新地」と言うてる可能性があって、新梅田食道街や環状線外回りでひと駅天満まで乗って、何か食うたり飲んだりしているのだ。

言い替えると平成二十年代的な「街場」から、「直帰」するということがしんどくなったのかもしれない。

だからあと数年もすれば、K氏はますます生きにくくなるのだろうか、と考えるに、なかなかに複雑であるな。けれどもK氏はあきらめていない。

「K氏」が「エッジの立ったK氏」であるのは、K氏のまわりがK氏を含むところの「みんな」を形成しているからである。そういう「みんな」は「われわれ」に近いし、そこからしか「わたし」は出ない。

パチンコ屋で台に向かったり、吉野家のカウンターで牛丼をかき込んだりしている「みんな」は、まぎれもなく「みんな」だが、「一人ぼっちのみんな」であり「バラバラのみんな」だ。そういうところからは「わたし」は立ち上がらない。だからこそその「みんな」は「自分探し」とか「自己決定」が必要なわけだ。

K氏の「みんな」はそれと違って、地元がある「われわれ」であり、その地面にまぎれもないK氏が立っている。「K氏」が「まぎれもないK氏」であることの根拠である。

そのK氏はもちろん個体だ。その個体は単子であって、あらかじめ窓も戸口もないのだが、けれどもK氏のなかにあって、K氏があらかじめ知り得ないもの、直接触れられないなにかを求めようとするやいなや、それをK氏のうちに封じ込めてしまうもの自体がK氏という個体にほかならない。

「エッジの立った個体としてのK氏」になることは、その決定的な欠如や不条理を埋めようと、「まだ生き方が足りない」と手足をばたつかせ続けることそのものなのだ。

好き嫌いの激しいK氏が街や店が好きなのも、だんじり祭をやったりラテンバンドをやったりするのも、他者の他者性に身体ごとダイビングする身体性の伴ったK氏にほかならないのだ。

そこには本来は昭和も平成もないはずだった。いやむしろ、K氏の主張する、単なる消費空間ではない「街的」が、どんどん平成二十年代的な「街場」からはみ出しているのが見えて、痛快な時代なのだ。さあ会社や家を出て、そんな「街場」に繰り出そう。

江 弘毅
こう・ひろき

1958年、大阪・岸和田生まれの岸和田育ち。神戸大学農学部卒。『Meets Regional』(京阪神エルマガジン社)の創刊に携わり12年間編集長を務めた後、現在は編集集団「140B」取締役編集責任者。
著書に『岸和田だんじり祭～だんじり若頭日記』(晶文社)、『「街的」ということ』(講談社現代新書)、『街場の大阪論』(バジリコ)、『「うまいもん屋」からの大阪論』(NHK出版新書)、『有次と庖丁』(新潮社)、『飲み食い世界一の大阪～そして神戸。なのにあなたは京都へゆくの～』(ミシマ社)など多数。

本書は、ミシマ社のウェブ雑誌「みんなのミシマガジン」の連載「タイトル、まだ決まってません。」に加筆・修正を加え、再構成したものです。

K氏の遠吠え　誰も言わへんから言うときます。
2015年12月1日　初版第一刷発行

著　者　江 弘毅
発行者　三島邦弘
発行所　(株)ミシマ社　京都オフィス
郵便番号　606－8396
京都市左京区川端通丸太町下る下堤町90－1
電　話　075(746)3438
ＦＡＸ　075(746)3439
e-mail　hatena@mishimasha.com

ブックデザイン　寄藤文平・鈴木千佳子（文平銀座）
組版・印刷・製本　(株)シナノ

ＵＲＬ　http://www.mishimasha.com/
振　替　00160-1-372976　ISBN978-4-903908-72-4